黄昏辞

流云飞渡 著

我将执念于尘世的教诲
一任平生星辰闪耀
无限春光啊
涌动在所有女儿出嫁之前
远方升起之后

北方文艺出版社

图书在版编目（CIP）数据

黄昏辞 / 流云飞渡著． -- 哈尔滨：北方文艺出版社，2019.9
ISBN 978-7-5317-4367-5

Ⅰ．①黄… Ⅱ．①流… Ⅲ．①诗集－中国－当代 Ⅳ．① I227

中国版本图书馆 CIP 数据核字 (2019) 第 164368 号

黄昏辞
Huanghun Ci

作　者 / 流云飞渡
责任编辑 / 路　嵩　　　　　　　装帧设计 / 树上微出版
出版发行 / 北方文艺出版社　　　邮　编 / 150080
发行电话 / (0451) 85951921　85951915　　经　销 / 新华书店
地　址 / 哈尔滨市南岗区林兴街 3 号　　网　址 / www.bfwy.com
印　刷 / 武汉市科华包装印刷有限公司　　开　本 / 880×1230　1/32
字　数 / 97 千　　　　　　　　　印　张 / 4.75
版　次 / 2019 年 9 月第 1 版　　　印　次 / 2019 年 9 月第
书　号 / ISBN 978-7-5317-4367-5　　定　价 / 38.00 元

黄昏的猎人，
你寻找着什么

王单单

　　两个月前某个深夜，和永生兄饮于四川富顺街边的夜宵摊上，酒酣之际放下"狠话"，要为其诗写上几句。本以为灯火喧嚣的街头，又有觥筹作乱，此等妄语如耳边之风很快就会吹过，殊不知永生兄入醉尚浅，将我的话窃记于心。近日他重提此事，托我为其诗集《黄昏辞》作序。原本说好的"几句话"变为"作序"，一时之间让我不知所可。但男人当为自己说过的话负责，何况永生兄与我同为云南梓桑，其人古道热肠且对我关爱有加，若我还推辞难免会有不近人情之嫌。

　　上世纪七十年代永生兄出生于建水县——云南东南部红河北岸的一个小城市，旧时称临安府，至今还保留着许多完整的古朴建筑，诸如闻名遐迩的朱家花园、孔庙等，沿着沧桑斑驳的石板街道，曲径通幽，总有碧瓦朱檐藏于寻常巷陌之间。一方水土养育一方诗人，遍读永生兄诗集《黄昏辞》，他的诗歌就像建水街边上那些古井里暗涌的流水，有着清冽甘甜的味道，入口沁心，通透肺腑。永生兄乃军人出身，虽然已脱下戎装多年,但纪律严明的部队生活对其表达和思维方式是产生过影响的,这种影响具体表现在诗歌中就是语言上的唯美与整洁,他擅长于从古代经典作品中汲取诗意的养分,他的整个写作姿态是面向传统的,这让他在当下"全民先锋"的诗歌激流中获得了一种"以退为进"的写作策略,他在诗歌形式和内容上的"守旧",在一定程度上降低了其诗向非诗打滑的可能性。永生兄的诗歌里频繁出现"罗裳""蓝花楹""柴门""驿站""凭栏""幽径""孤荷"等带有古典蕴味的意象,这使得他的许多诗歌像一些飞檐翘角的老建筑,矗立于语言的小桥流水之上。结合永生兄的诗歌创作特点,极其容易让我联想到他的家乡建水城里,那些身怀绝技的制陶人,随便一把黏土经过其手揉捏摆弄后,都会获得神奇的力量,从而使细腻流畅的线条飞速旋转出灵魂的模样。永生兄就是那个怀揣匠人之心,深居陋巷之中的语言制陶人,他端坐在语言中心,耐性十足地择选、糅合、提纯,将各种语词材料与经验去粗存精,再通过自己的情感灌注,让一首首诗歌的雏形从语言的原材料中慢慢浮现、成形,最后以一种优美精致的样子呈现在读者面前。永生兄以"黄昏"一词作为书名,无形中就为整本诗集的情感色彩定下基调。我认为黄昏是一天中最美的时刻,它柔和、静谧,适合灵魂出窍,适合诸神归位,适合诗歌顶破语言的外壳,从生命中站起来。古往今来,关于黄昏的诗歌不胜枚举,诸如"疏影横斜水清浅,暗香浮动月黄昏""向晚意不适,驱车登古原""黄昏独立佛堂前,满地槐花满树蝉"等等,而此时,翻阅永生兄《黄昏辞》,我想到更多的是何其芳散文里的那句:

——黄昏的猎人,你寻找着什么?

我留意到《黄昏辞》中有部分诗歌是关于爱情的抒写,这一亘古不变的主题在他的笔下哀而不怨，有着恰到好处的语言把控和情感节制。这是他柔情的一面。酒桌上和商场上大马金刀的永生兄，当然不会放过在诗歌中直抒侠骨豪情的机会，这是他生命形态的自然外显，也是语言找到诗歌的方式。"负剑行走的侠客，身上的刀伤／夜晚，会漏出金属的光"（《英雄帖，兼吊金庸》）"喝血酒，拜关公／结义之后，就是兄弟了／在人间，粥稠，果甜""闲来挑灯细闻，石头里／也有冲锋的号角／在回响"（《义结十三》）"当我吃力地写下／——忠骨／乌云便席卷过来／天空矮下三尺／墓碑，遽然拔高了一寸"（《忠骨》）。这些铿锵有力的诗句中弥漫着豪侠之气。中国古代文人是有侠义情结的，可惜在现代诗歌的文本中已鲜有所见。永生兄的诗歌在这方面做了很好的努力。

从写作时间上看，2018年无疑是永生兄的丰收年。《黄昏辞》里的诗歌，几乎都是这一年写就的，总体来看数量高，质量稳。我刻意将这部分诗歌和他以前的作品进行过比较，他之前的诗歌在语言上相对生硬，诗意的空间展开得不够彻底。而2018年其诗有了质的飞跃，诗歌的完成度有了更进一步的提高，个体生命在诗意中的展开更为自然。这让我们坚信，随着写作训练和对诗歌理解的加深，永生兄未来的写作是值得期待的。

一个诗人在如此短暂的时间之内完成一本诗集，这本身就是对自我诗歌写作素养的一种挑战，虽然写作勇气不一定就能为诗歌的质量提供保障，但和坐等"灵感"找上门来的惰性写作习惯相比，前者更加可靠，更值得提倡。当然啊，如果我们能在固守诗歌传统的同时，紧贴个体生命，最大限度地在语言中解放自己，为现代诗歌提供一种更加当下、新颖、有效、准确的表述方式那就最好不过了，这是我想给永生兄提的一点建议,同时也是我给自己定下的写作目标。

永生兄多年来生活在成都,这是现代诗歌的重镇,从上世纪八十年代至今,已为中国诗坛输送了众多家喻户晓的名字。加之永生兄圈内好友皆为张新泉、李元胜、聂作平等巴蜀名士,他们皆属倚马可待之才,论文辞诗赋之工,皆于我之上。而我才疏学浅,深怕词不达意,难以窥探永生兄诗之堂奥,贻笑方家不说,毁了永生兄呕心沥血之作才是罪大恶极了。总之,诚惶诚恐,诚惶诚恐啊!初次尝试写作此类文章,若有不妥之处,敬请方家海涵。只因永生兄所托,我又厥词在先,只好硬着头皮,斗胆胡诌,是为序。

2018年12月24日　昭通

目录 /Contents

第一辑 我们隔着浑浊的人间

女人烟 3
倚窗的女人 4
蓝花楹 5
原以为 6
交给你 7
立春,或若水 8
我们隔着浑浊的人间 9
孤　荷 10
并非所有爱情都有回应 11
星巴克的下午 12
风雪度 13
桂花宫 14
献　诗 15
白扎寺 16
远 17
女子抚琴速写 18
时光旋涡 19

I

香烟上的红舞鞋......20
两个房间......21
狐　女......22
石门槛......23
江南忆......26
被一部香港电影拽回从前......27
你是我不及的远方......28
桃花辞......29
照见泪流满面的自己......30
她......31
站台......32
胡桃里......33

第二辑　写或不写都是美好的

黄昏辞......37
九天楼下......38
腊梅花开......39
两个黄昏......40
落叶书......41
无　题......42
黄　昏......43
落叶以秋风为渡口......44

幽　径 45

行走的光线 46

狼　毫 47

读　诗 48

案头的植物开花了 49

写或不写都是美好的 50

挽　歌 51

神秘花园 52

三月的人间清浅 53

名　字 54

三把刀 55

拥　趸 56

新雨过后 57

寂寥汹涌如潮 58

暮春午后 59

动　刀 60

诗歌现场 61

成人礼 62

无非是 63

鱼尾纹 65

锦城湖写意 66

若尔盖手记 67

紫砂壶 68

III

第三辑 时间的卷轴飞速旋转

时光啊时光 71
落　日 72
时间的卷轴飞速旋转 73
青海湖 74
五彩滩 75
出兰州 76
夜访德令哈 77
龙泉驿寻驿站不见 78
涠洲岛的前世今生 79
戈壁，戈壁 80
夜宿雅江 81
海边客栈 82
庄主阿东 83
宽窄巷子 84
地铁上邂逅一对比丘尼 85
在雅安 86
退　潮 87
春水流 88
在昆明遇刘年 89
地铁之歌 90
夏日午后 91

阳　　台 92
一些事物在纠缠 93
老王的七月 94
沙河之夜 95
山　　石 96
那片草地 97
在渝北高铁站 98

第四辑　万物皆是上帝的宠儿

复活于黄昏之后，黎明之前 101
万物皆是上帝的宠儿 102
寂静，万劫不复 103
我看到的鸦群没有诡异的叫声 104
破晓的鸟鸣 105
蛙鸣拉着雪亮的锯子 106
黑夜是台轰鸣的机器 107
五　　月 108
钥　　匙 109
偌大一座城市，看不见一个人影 110
凤眼菩提 111
忠　　骨 112
英雄帖，兼吊金庸 113

V

义结十三 114
一个人的战争 115
原　谅 116
羞愧是条贪婪的蛇 117
云　中 118
雨　燕 119
2017，惊蛰 120
赠别王某 121
再说春天 122
犬　吠 123
马蜂窝 124
天　漏 125
春天的菜市场 126
一个电工的自述 127
夤夜之思 128
荷 129
一棵死在林间的树 130
雨将至 131
摆渡人 132
灰　烬 133

诗人佩章是一轮夕阳 135

第一辑
我们隔着浑浊的人间

女人烟

你爱上他
食指和中指间的悬崖
爱上燃烧
要是燃烧真如繁花三月
那红唇烈焰呢?

一生可否这样表达
以坠落隐喻凌迟之痛
用飞升
复述幸福

2018.3.8

倚窗的女人

她倚窗凝思
宛如新梅开在某首雪藏的宋词
除了流逝
窗外别无风景

仿佛想到了什么
嘴角突然有轻微的上扬
那闪电一样的幸福
转瞬即逝

列车因此多出一份负重
她并未觉察

2018. 12. 1

蓝花楹

天空撒下碎玻璃
柔软、芬芳的碎玻璃
你来了，走了
每次都带着伤口回去

往来形成的旋涡
被河流举着
被明月轻风照看着
没有什么可以深陷其中

来时，蓝花楹高高举起酒杯
紫色的玻璃，走时
碎了一地
片片利刃，都横向风里

2018.5.18

原以为

原以为
涉水三尺
就可以携你到世外去
共赏一场盛大的花汛
到世外去
我就成了一个路过的香客
不问花期
不问花期

原以为
春风十里
就可以住进寒庙里
你就是永久的封印
住进寒庙
我就化身穿袈裟的陶泥
看不见你
看不见你

2018.1.23

交给你

交给你花朵的同时
连刺一并交给你

你醉心于花瓣
与花瓣之间的毒性
醉心于
柔软与坚硬之间的和谐

还交给你枯萎
交给你枯萎之后的虚空
被刺之后的疼痛

交给你伤口
伤口永不愈合

2018.10.26

立春，或若水

牵你的手
到暗流里走一走
幽巷，就亮了

掌两杯茶
到旋涡里坐一坐
爱情，就散了

携场春雨
到涟漪里站一站
江山，就定了

2018.2.6

我们隔着浑浊的人间

叫我如何从你的青春和美丽中
分娩出来？整整一夜了

我相信，我们就是那对
翻飞在前世天空下的蝴蝶
我们拥抱三月的大地
大地赐给你我绵延的黄金

而今生，我已活得太旧
一不小心，太阳的余晖便从
身体的裂缝中迸发出来
那是我为你开出的年代的花朵

就在昨天，我们再次走失
我们隔着浑浊的人间

2018.11.2

孤 荷

去看你时
得卸下凡尘俗世
太过油腻的事物不适宜
直面一朵荷花

众荷的子宫早已受孕
唯独你伫立风中
脸颊羞红
像罗裳微斜的美人
隔着朝代等我

你看我款款而来
我见你翩翩陨落

2018.7.22

并非所有爱情都有回应

这何尝不是一个谬论
春风里点下的种子，饱满如拳
握着秋的憧憬与挚爱

是的，并非所有爱情都有回应
一个人落发为僧时
时间就发出折断的声响

像淤积胸中的血块
经年拒绝咯出。拒绝发芽的种子
握着泥土的黑暗

2018.3.25

星巴克的下午

仿佛一只装满零乱的旧箱子
掉漆的部位,说出轻微的病灶和真实

独爱这角落里的黯淡
可以听见花朵燃烧时炸裂的声响

整整一个下午,都在接纳无边的海浪
它借走我仅有的泪水和呜咽

一切都悄无声息,一切都在遗忘
让涟漪与年轮沉入箱底,永不相欠

2018.3.6

风雪度

雪。尘世的蝴蝶
游在水中

燃烧着
楔入生命的无意义

那些被爱过的一切
我将双手奉还

闲来。一纸风雪
度我，度你

2018.2.10

桂花宫

我住过的宫殿叫桂花宫
我宠爱的妃子叫丹桂

我最痛的时刻是月圆之时
我最恨的节日是中秋

中秋非要人自揭伤口
明月非要撒下细盐

2018.9.21

献 诗

梦和醒
隔着一场古老的仪式
画里断桥残雪，转身
落花满天

一阕新词有多深
一枝寒梅凋零的速度就有多快

就像这畦哑雪
堆积了半屋子的旧信
每一封都无比沉重，又对当年
只字不提

2018.1.27

白扎寺

你向天空层层攀升
为让群山遮不断望眼

你在四方各开一扇门
不愿错过一个路人

你将双耳竖成飞檐
只为将夜里的跫音听见

你把自己等成寒庙
寒庙从未响过一次钟声

2018.1.23

远

比我远的,是草原
比草原远的,是雪山
比雪山远的,是天空
比天空远的,是神明

远远的,太阳照耀着雪山,不化
远远的,我爱着你,不语

2018.10.3

女子抚琴速写

琴声忧郁
湖水盈盈
抚琴的女子
坐在水中
照看着打碎的爱情

她牵着自己
在弦上走
颠簸是难免的
踯躅也是

行至曲终处
她让出三尺寂静
豢养余音

2018.7.6

时光漩涡

水,欲静未静
夕光镂空小恋人的背影

鸟鸣从树梢滴下来
念念繁花,流光飞舞

有人试图,穿过一尾红砂石巷
那里沉淀着许多美好的事物

时光在这里形成漩涡
将一位拄杖而坐的老妪催眠

铜环依着木门
一生,只响过一次

2017.8.8

香烟上的红舞鞋

瞧，那轻盈的鞋跟
有时旋转，有时伫立
从不哭泣

像两颗旋转的行星
多年来，我深爱着这双红舞鞋
它构成生活美好的部分

偶尔，也会爱上穿舞鞋的人
令一部剧的开场，和结局
互为陌生

2018.1.30

两个房间

本可以看见,远山的身段
风的边缘,可是
一天天隆起的高楼
极不情愿。想必

你也被囿于灰色之间
另一个城市,群楼不断隆起
我们坐地相去,渐行渐远

两个城市,像童年的两个房间
被一张朴素的木板隔着
听得见呼吸,却不可相见

2018.4.22

狐女

意象的湖水还在上涨
深渊，已经形成
我开始下沉
握紧颠簸的月光

线装书合在膝上
深锁一场大雪
雪面上，趾印慌乱

忽有声音飘来
轻唤公子，又像是
道别
醒来，不见了白色书签

2017.10.11

石门槛

1
青石铺砌的巷子
又滑又亮
像干涸的河床
不淌水
只淌时光

2
经过石门槛时
牛群不忘哞哞地叫上几声
打石头的哥哥
扛起钢钎
走出家门

3
大榕树站在村口
枝繁叶茂
出殡的队伍经过一次
就吐一片新叶出来

4
劲风吹
只吹高大挺拔的桉树
香椿树
不吹满头新雪的秧
和娘

5
稻草人
穿上妹妹的花衣裳
灯芯绒的花衣裳
我照看着她
她照看着人间

6
稻草人赶不走的秧雀
小妹赶
小妹赶不走的
小哥哥赶
将翅膀还给天空
梦就像谷穗一样金黄

7
在山上
也在群山环绕中
不需要路灯
黄昏过后
满天的繁星赶来照耀

8
每年只下两场雪
一场叫月光
有微微的凉
一场叫稻花
有淡淡的香

9
梯田站起身来
凝望远方

2018.9.26

江南忆

细雨含烟
天空微凉
多少陈旧的面孔浮在空中
这江南
烟雨的江南
唤我乳名的江南

窗台上的海棠四季不凋
昨夜新开的那朵
不着粉黛
我叫它
故乡

2018.7.8

被一部香港电影拽回从前

傍晚时分
一部香港电影正在剧烈上演
它像只沙漏
把我吸进时间的背面
三十年前
我正在为这些桥段血脉偾张
三十年后突然发现
我一直在这部电影里行走
剧本已经过多次修改
主角从未换过
最大的不同是结局
我开过无数次枪
从未取过一个人的性命
深爱过一个人
从未看清她的眼睛

2018.12.27

你是我不及的远方

多好！远方就在那里
微笑。沐浴。不素不媚

多好！这不远不近的远方
梦的手指，一伸出便可触及

晚风吹来，落日倾斜
湖水，开始回忆动荡的一生

这个星球上的漫山遍野的紫色
花朵，一盏茶过后，将与你

与宇宙中的星辰，来呼应
那些遗世的眼泪啊，请替我收集

2019.4.6

桃花辞

这乱世的美人，
哪堪人间的忽热忽冷？
沟渠流水知悔意，
悬崖，有暗算。
春风划定疆域，香丘
收留齿痕。红墙外，
还俗之人，抱紧春天。

2019. 3. 25

照见泪流满面的自己

长空皓月，万里清辉
这寂静，这满溢天地的慈悲

谁在无眠？花朵还是流水
一头文明的猛兽安然入睡

这一刻，风微微凉
它已褪去所有的修辞和隐喻

这一刻，只身站在月光里
抬头，照见泪流满面的自己

2019.3.21

她

用梨花带雨来比喻美人
是危险的
但这样的比喻我还想
最后再使用一次
对于她
恕我找不出更加熨帖的修辞

她曾给予我发光的瞬间
然后便淹没于滚滚的尘世

2019.5.7

站 台

站台内心巨大的孤独
在列车驶离时显现
像生命中的某一天
主角突然消失
它开始有了纪念的意义
日月的车轮向前
时光不曾荒老
也不影响回首和狂欢
这样的际遇一生都在重复
许多站台飘在风中
风铃一样发出碰撞之声
寂静无声时
是有了久别重逢的喜悦

2019.5.22

胡桃里

灯火黏稠。有人以足尖试水,
有人在音乐里打捞旧事。

红酒摇摇晃晃,意识全无,
出口洞开但形同虚设。不问来路。

弦里有情仇,有生死。怀抱吉它的
歌手,胸中堆满了巨石。

嘉陵江拂袖而过,它试图宽恕,
并终将宽恕上岸的灵魂。

2019.5.23

第二辑
写或不写都是美好的

黄昏辞

归途辽阔
而灰雁只寄三只
天空紧了紧宽大的风衣
矮下身子。黄昏
令谁不安?

它漫过遗世,现在又
漫过栏杆

2018. 4. 11

第二辑 写或不写都是美好的

九天楼下

这一刻，玉兰的铁屑
藤蔓的别针，败荷的图钉
和小路的刀片
都在向我滑动，靠拢
我说我是块黑色的磁石
季节的相框就有轻微的颤动

就像这一生
是放在低洼处的池塘
开始接纳了爱
跟着接纳了恨，现在
羞愧和忏悔又向我汇集过来

直到沉默溢出缺口
缺口是黄昏的墓地

2018.3.7

腊梅花开

冬天的前庭深锁
迎娶的花轿在十里之外
礼佛的暗香在十里之外

但后院虚掩
一群黄教的喇嘛坐在枝头辩经
他们省略了喧嚣
省略了经幡和落叶
绕过尘世的必经之路

多么炽烈啊，多么炽烈
阳光一样盛大的疼痛

2018.1.21

两个黄昏

喜欢坐在傍晚里
看黄昏的气息
缕缕散去,个中撩人之味
是美好的也是,痛苦的

复杂的情绪
每天要折磨我两次

第二次,在夜阑人静时
对面的楼群里,另一个黄昏
一窗接一窗,游丝散尽
全然不顾,我伸出的手指

2018.4.19

落叶书

你看
那千山万林的子宫
悬于枝头
温煦而通透

大地临盆于秋

挣脱母体的孩子们
冲向空中
欢笑着飞舞着燃烧着
倾尽毕生能量
在风的绢上奋笔狂书——
生 而 为 何

2018.11.29

无 题

落笔千次
总戒不掉
饥饿的影子

整个下午
因一个人的久坐不起
冬天凛冽了三尺
而壶中禅意
兀自升起

这是第一千零一次了吧
你问
算不算顾左右而言他
风
抢先于我回答
一树旧时光沙沙
落下

2018.11.29

黄 昏

锈迹斑斑，依然
难掩那远古的锋利
这一刻，嗜血是无罪的

利器高悬，众神威坐
一只手按住黑夜，白昼
从案板滚落

汁液横流于太阳的切面
有时大苦，有时
甜得让人眩晕

这是一个容易被忽视的细节
白天的一切，穿过黄昏的锁孔
走失的那部分，叫昨天

2018. 11. 20

落叶以秋风为渡口

落叶以秋风为渡口
载着一生的苦难,辞别人世

秋水在秋天分娩
水杉的骨头里,危机四伏

我积攒的月光不多,在这个秋天
积攒的苦难不多

我必须好好热爱那些故人
热爱这厢山水,回望时的安宁

让积攒的苦难,恰好够
充盈干涸的眼睛

2018. 1. 19

幽 径

总有什么东西在引领我
避开喧嚣和秩序,一次次
穿过幽径

穿过幽径的时候
幽径也在穿过我,温暖而和谐
蜕下我的肉身

时间久了
我担心路的尽头堆积的皮囊越来越多
没有足够的空间安放
我的忧郁,和白骨

2018.3.4

行走的光线

与静止的光线不同
行走的光线
一直在搬运着什么
整整一个下午
它们从未停歇过片刻
远方越来越轻
就要飞升起来
包括周围的事物
包括我——
锁住旧事的时光之钥
一首小诗刚刚写就
我已经有了
不易察觉的移动

2018.11.1

狼毫

还不够柔软
还需要长久的浸泡
才能将身体里暗藏的玻璃
彻底取出

半生如此零乱
旧作如此糟糕
那笔突兀的中竖
多么像一句伤人的恶语

还需要寄以水
取出眼底躁动的溶岩
舌尖的锋利
取出另一个你

直至写出静美的诗篇

2018.4.9

读 诗

翻开封面
相当于随手关上一道门
身体朝向未知的山水

拖着黄昏的落日
一路走到清晨的鱼白
你以为穿过了白昼的缝隙
其实只是一张纸的喘息

就像飞鸟或者梦
体态越轻盈
载起的天空越寥廓

更多的时候
你以为已经出发了很久
实际上
一直站在原地

2018. 3. 1

案头的植物开花了

这令我相信
你也是个纯粹的诗人
新芽里藏着火焰，旧叶中意象横生
月光茂密，弯曲成根须
和闪电

你的喃喃自语
在浩瀚的时日中溢出青瓷的边缘

直到今天，明晃晃地开出五朵小花
有如春天里的五声惊雷
我才开始明白，为什么爱
总是寂寥无边

2018.2.27

写或不写都是美好的

一写到季节
花朵的色彩就坚硬起来
写到朝代
就有美人走出宣纸
凭栏黄昏
当写到深渊
生活就敞开多情的镜面
交替呈现
蝴蝶和山水

若是搁笔
到湖边走走
遇见的
皆是唐宋的故友

2018.3.29

挽 歌

来吧,无边的春色
将我埋葬吧,体面而隐秘地
连同我的羞愧,风中的落花
在你温润而神秘的腹部

来吧,劫后余生的春天
请献出你七彩的花朵和半只乳房
弯曲的天空低矮着水锈
为我早已遗忘的相思彻夜歌唱

我将执念于尘世的教诲
一任平生星辰闪耀。无限春光啊
涌动在所有女儿出嫁之前
远方升起之后

2018.2.28

神秘花园

从花园的中心往后退
每退后一步寂静就消减一分
茶花衔着红酒
青果怀着初夜
众多耳朵贴地飞行

木屋空寂而喉结微斜
一条狗在门前酣睡
咽下影子之后
蝌蚪装上发光的簧片

小小的花园如小小的唢呐
我已从深渊退回边缘
内心惶恐如烈日
一定有什么危险
就要发生

2018.4.16

三月的人间清浅

三月的人间清浅
春风深爱着一切清浅之物
它们与水有关

天生无鳍的鱼
少年喂食白云朵朵。去年
它以陡峭的速度
溺亡人间

我坐在无水可溺的坡地，等火
多情的桃花燃烧着
时而飞升，时而坠落

2018.3.12

名字

很多时候
你得如实写下自己的名字
身份证、病历本、购房合同
结婚或者离婚证……
起初写得工整,后来就
略显疲惫。像一条河,源头干净
下游,拖着沉重的泥沙

有时,我会写下另一个
代表我去爱,去抚摸
代表我,流下幸福或悲伤的泪水

用一个名字写诗,用另一个
生活。两个名字的相遇
开出第三种花朵

2018.4.23

三把刀

一把枕在头下
随时准备弑杀梦魇里让我失声的人
一把藏在箱底
那是我遗产的重要部分
一把悬在空中
像月光一样虚幻而真实地
照耀着我

它们构成我生命的全部
但终生不可相见

2018.5.27

拥 趸

当月亮升起
星群就汇聚过来
夜空中倾下水晶碰撞的声音

当酒杯举起
故事就围拢过来
你的眼中泛起深秋的忧郁

当诗稿焚尽
摊开的纸张又卷起风雪
远方依然没有距离

当月白酒醒
谁是谁的拥趸
谁又是谁的过去

2018.10.21

新雨过后

一场新雨过后
楼群长势良好。无数场
新雨过后,无数双
空洞的眼睛,瞪着我
困我于一只干涸的眼窝

其实,群楼早已高过燕子的翅膀
高过我的理想,而且
演绎着生生不息,以至于
一觉醒来,我误将窗外的霾
唤作童年的烟雨

2018.6.16

寂寥汹涌如潮

再小
世界就小成眼下的池塘了
池塘再小
就小成新荷的脸庞
恰好够
接住那滴清脆的鸟声

戎马半生小成一方顽石
够我坐下
静观这满塘寂寥
汹涌如潮

2018.4.30

暮春午后

然后,就负手凭栏
看杨絮飞升,心事浮沉
任三两页信笺
压住磅礴的水声

春风入帷时
要么,以石榴花佐酒
否则,就等月下的雪豹

2018.4.29

动刀

新泉老师以《好刀》为名片
雷平阳有《杀狗的过程》
二位力斩鲁奖，让我笃定
写诗，与动刀有关

昨晚请教杨角大哥
竟如此神奇，也提到刀
明晃晃的，透着高贵的气息

整整一个夜晚
我怀揣尖刀。辗转。淌汗
任由月光，蹑手蹑脚
窜进屋来

2018.4.22

诗歌现场

高墙内
一场神秘的法事在进行

从字典里搬些砖块来
去掉它们媚俗和臃肿的部分
搭成越墙的云梯

又因彼此不能相爱
屡屡坍塌在风里

2018.2.7

成人礼

生活的密林阳光丰美
落叶金黄绿苔依依
偶有受惊的麋鹿
将时光踏碎

想起童年
一个雨霁的午后
采蘑菇的少年在林间发现了什么
他回头望了望村庄
完成了自己的
成人礼

2018.1.28

无非是

无非是
两幢摩天大厦钉死在东大路上
像极了两个光鲜浮夸的城市人
将巴掌大的地盘
称为广场

无非是
视线偶尔难以逾越
颈椎的顽疾在空中吱嘎作响
清晨开出的花朵
黄昏便枯萎成夕阳

无非是
东大路从盐市口匍匐而来
在此起身奔向远方
而鱼群对于迁徙不知疲倦

无非是
明明知道身处闹市
仍愿意在一幢寻常建筑下驻足肃穆
一如站在
冈仁波齐前

2018.12.8

鱼尾纹

不只一次说：开始相信宿命，
但并不确定。

在那些深幽的线条里，隐藏着
几次坍塌和挣扎？也不确定

时间递来的手指，铜质的，
留下的抓痕，被一些肉牙紧咬。

——在巨大的张力中，我们
收获的部分，粗砺而虚无。

有鱼游进深海，尾巴遗留岸上，
挣扎时掀起的风暴，多像我们的一生……

2019.3.12

锦城湖写意

楼群潜入水底,鱼群亦是
微风吹来
鱼群奋力追逐,楼群亦是

潜入水底的云朵
一会儿驻足,一会儿急行
想必也有一颗漂泊之心

芦苇对镜梳妆
衣正青,头未白
应是一生中最好的光景

正值易怒的壮年,蝉
尚未学会闭嘴

2019.7.28

若尔盖手记

像一部游记未被开启的章节
天空无须赞美,白云不必喊出
雄鹰,巡视着草原的辽阔

不远处,黄河是刚刚阅尽的一篇
那里有太多的曲折和回眸
关于奔波之苦,它只字未着

燕鸥飞。鱼群看紧了自己的影子
赤麻鸭家族的生活闲适
一家人走着走着,便走成花湖章节
结尾那列深不见底的豆点

在镰刀坝,有人引弓向天
有人执意朝夕阳里走去
突然之间,他们已活过百年
而策马奔腾的人,泥土飞溅如尘

2019.8.9

紫砂壶

因为水
壶壁上的牡丹在秘密盛开
因为水
空洞的内心变得潮湿而充盈
暂时忘却浴火时的疼痛

像一位在茶盘中心打坐的老僧
夕阳一样的袈裟泛着微光
口唇微张
但并不想说出点什么

整整一个下午
你在重复着同一件事情
将一把紫砂壶举起
又放下
试图丈量出生死两点之间的里程

而龙井茶的清香在空气中弥漫
因为水它获得了自由
这不是灵魂摆脱肉体的远行
是回乡

2019.6.10

第三辑
时间的卷轴飞速旋转

时光啊时光

天空坚持着天空的新
大地吻着无数伤口
一切与阳光交谈过的事物
沦为怀旧

2018.1.17

落 日

在用旧了初恋的所有细节
礼遇中年的炽痛之后
天空之子收起芒刺
归隐山中

2018.1.21

时间的卷轴飞速旋转

在静物与速度的交汇之处
阳光和巴茅一样,长势良好
列车,深陷其中

时间的卷轴飞速旋转
卷起村庄、河流和落日
卷尾空着,静待一方红泥回望

我们是一群内心孤苦的灵魂
背负着离别之痛,奔跑在旷野之上
连重逢也生出怜悯之心

但我还是要挪出一个下午
足够放得下你
放得下十里河山

2018.2.2

青海湖

人间的苦难太多
一片蓝色的经幡在青藏高原上
飘着……

人间的幸福太多
一片蓝色的经幡在青藏高原上
飘着……

2018.10.5

五彩滩

风疾。浪涌。烈日如炬
一堆一堆的白骨
水举着,送上岸来

每天都有死亡。每年都有祭奠

故意错过日出。日落
故意错过,过于血腥的场面
这水的祭坛

2018.9.17

出兰州

一切都变得遥远
无力
离我远去
一切

黄河载不动野云几许
远山
刀锋如锯

一切都披上了橙色的袈裟
剃度之后
荒冢
连影子也无力扶起

那滚滚而来的又滚滚而去
向西……向西……
今夕何夕

2018. 10. 3

夜访德令哈

每一次进入,都是朝圣
每一次日落,都是告别
原谅我无法替你悲伤
只能孤独地站在
巴音河畔
一任草原在夜色中无限生长

"今夜我在德令哈"
夜色苍茫,灯火昏黄
我悄无声息地进入
只为看一眼你驻足仰望过的星空
月亮已割下双耳,摆上祭坛

"今夜我在德令哈"
荒凉还在,姐姐远行
每一座山脉,都是埋葬
每一缕清风,都是呜咽

2018.10.8

龙泉驿寻驿站不见

那个饮马打尖的驿站
灵泉相拥
家书交以庶民
捷报呈给天子
大明的江山
坐实在哒哒的马蹄声里

西望无垠
河汊交错密布
足够蜀国的宫女浣纱
北去
便是奔涌的丘山了
李白一声长叹
四周的山峰就陡峭起来

在龙泉驿寻驿站不见
不遇一匹枣红小马
快步向前借问红衣女子
转身
竟是一朵桃花

2018. 12. 1

涠洲岛的前世今生

如果，不是性子过于刚烈
你也不会来到人间
如果不是海水，取走了体温
至今，你仍是一团地狱的火焰

受困在一片蓝色水域
腰上系着白色封印
风，一直吹着。吹落了日月
吹乱了星河，吹散了
海枯石烂的传说

2018.7.1

戈壁，戈壁

天空和大地
结合得如此紧密

轿车奔驰在无垠的戈壁滩上
像枚小小的拉链

如果不是停车小解
也不会遇见那丛黄色的野花

如果不是那丛野花
用什么来拯救人间的美好

2018.10.22

夜宿雅江

雅江,不是江。是
一个周身刺满经文的县

明日,中秋
明月,才以纱罩头

持珠。诵经。礼佛。雅砻江
从窗前路过,没有加持一只乌鸦

滨江路握着步行街,再拐
就进了梯子巷。多么生动的一笔啊

而我是生硬的,怎么勒
也勒不进,这流动的经文里

2017.10.3

海边客栈

柴门虚掩
海水等来久违的恋人
阳光不赦
沙滩交出了白色的火焰
一间客栈
锁着涛声万里
两把躺椅
送你进一部电影的桥段

2018.7.7

庄主阿东

涠洲岛上
最后一团未冷却的岩浆
举酒旗迎天下英豪
夜夜笙歌
这些都不重要

重要的是
他一叹气
月亮就咕咚一声
掉进海里

2018．7．9

宽窄巷子

阳光如水，时光如水
宽宽窄窄的巷子
荡在水面上。可以慢

慢成鱼虾成群
慢成平平仄仄的青砖和灰瓦
慢成星光满天

在水中，假如你邂逅一个词语
她重获新生
请接纳阳光的馈赠，李杜的恩准

假如你来时蹑手蹑脚
离开时，请带走你的微弱和细碎

2018.1.22

地铁上邂逅一对比丘尼

一落座,便坐空了
这是我离佛主最近的一次
余光交错,两朵格桑花
圣洁如初

是花朵必定漫过草原
是潺溪终将流进天际
而我的心,像红狐踩过的雪莲
难以普度一座幻城的青春

身着莲服的少女,与我并肩而坐
地铁嚣叫着,并无尘埃点点

2017.8.8

在雅安

见过奔跑的山峰没?
我见过。在雅安,一座一座的
山峰,在追逐,朝着青藏高原,
向着天空。全然不顾烈日的灼痛。

越来越多的山峰,沿途加入。
有的,却突然停在原地,
被一间庙宇反锁。更多的,
越跑越快,眼看就要飞升起来。

青衣江从山里来,经过雅安时,
反省了三次。它决定
放慢速度,不再为群山的奔跑
而欢呼。

2019.4.24

返 潮

落日熄灭
神秘主义弥漫空中

白天来看望我的海水
夜晚执意返回

是谁收留了这些流浪的孩子
又在哪里安睡

你从沙难上带走的脚印不多
该不会走远

2018.7.8

春水流

阳光也受到加持
花朵松开愤怒的拳头
封印解除后
春水流得格外小心
它爱着白鹭的踝骨

时光深不见底
唯有流水可以说出
它的来路以及
它对人间的善意

2019.3.3

在昆明遇刘年

按理说，故地重游是不该流泪的
除非是个纯粹的诗人，遇见当年的自己

更不该在头夜，饮下太多烈酒
把今天要说的话，劫走大半

也罢，像口老井，半生豢养着永顺的月光
远点看，又像是天山顶上，沉默的雪

当你追问，为何生命苍凉如水？
其实想说，是文字，带走了体温

2019.1.28

地铁之歌

掘地三尺的盗墓贼
捎着长长的口袋
终日行窃于人间

清晨,我在城东死去
又在城西复活
身上少了四十分五十秒

黄昏,还会以相同的速度
少下去。越来越多的时钟在身体里
磨损着

一些细碎的分秒掉下来
如响马囊中的碎银
发出悦耳的声音

2018.3.15

夏日午后

云朵和白鹭
都是时光掠过的遗物
湖泊也是。还未等你后悔
或者感动,泪水已经漫过午后

那就一直坐下去
不用担心被树林绞杀
如果那棵百年银杏
认出我是失散已久的亲人

如果此刻即是永恒
我愿我们从未相见

2017.10.11

阳台

锥立此地
足以听风,观云
把盏邀月
也足以闻芳,戏燕
命悬一阕
像一次健忘的修辞
让所有冥想开花
即凋谢
让一场秋雨孱弱
闻讯来泣

2017.9.10

一些事物在纠缠

突然发觉
身体里的那口老井几近干涸
又几经泛滥
一些事物在纠缠
突然想不起我
在这片油腻的土地生长过
双眼昏花,难辨远方
书卷里草籽结满
借用秋天的枯萎祭奠春天的凋零
突然想痛哭一场
从此不提生死茫茫
人到中年总会突然想起
一些与己有关或者无关的事
比如我的小妹
她在人间
已走失多年

2017.8.10

老王的七月

七月。一望无际的七月
焦渴的七月

杨柳轻佻的七月
蝉噪高涨,毫无节制的七月
老王将西边的卧室
搬到东边的七月

"狗日的七月"
他停下三轮车
摸出汗渍渍的二十元钱
给高考落榜的儿子
抽了支签

2017.8.8

沙河之夜

新月如矢,飞行的速度慢于时针,
而放箭之人不知所踪……

路灯垂首,在模仿人类
思考白天存在的意义,
它的光明大过任何恒星,对于人心,
自知有抵达不了的深邃。你看,

流水多悲悯啊!幽径自恃。
一定有什么东西,值得书写:
东岸,水杉遗下残诗;
西岸,黑影释放出庞大的留白。

2019.3.9

山 石

向阳的坡地上,石头
讲述着各自的命运 ——
或叠身成坎,或俯首成径。
坐在高处的那块,
面前是修行的悬崖。

磨盘陷入深深的沉思,臼心失语,
咬不住什么事物。而
诞生时的痛苦,还在旋转
扩散……尘埃,这天国的石头。

怀着姓氏和年代的石头,仿佛
怀着那个人的肉身。
我打墓碑前走过,心中笃定:
这不是唯一的人间。

2019.3.27

那片草地

最爱那片倾斜的草地
有多少光阴滑过
就有多少绿意重生

流水淙淙
它的幸福少有人知

只想静静地坐一坐
在此终老的念头也只是
一闪而过

2019.7.28

在渝北高铁站

列车风驰电掣
旅人匆匆
气温窜至三十六度仍无消退的迹象
世界在下滑
沙漏一样

一个不满周岁的孩子
枕在母亲肩头熟睡
饱含奶水的乳房在悄然膨胀
他内心的江山也是

我惊叹于眼前的这一幕
惊叹于他巨大的吸力
天空、列车、人群在不断缩小
向他汇聚并通过他
抵达安宁

2019.6.4

第四辑
万物皆是上帝的宠儿

复活于黄昏之后,黎明之前

从未抵达草原又夜夜
深陷于草原之中
那些掌灯赶路的花朵飞逝而过

还有流光溢彩的溪流
一直朝着家的方向奔驰的马匹
复活于黄昏之后的精致与鲜活依然闪亮

也只有在夜晚梦才会交织
词语才会长出翅膀飞成满天星光
全世界的草原互称姐妹

我羡慕那些向黑夜交出面具的人
一朵野花终将与我相认
原谅我无面具可交
请熄灭我案头的玫瑰和唇间的雏菊
让黑夜一如将我照耀

2018.1.30

万物皆是上帝的宠儿

一定有无形之手
偷偷拨弄了时钟的指针
明日立秋
风雨已经迫不及待

一些孱弱的事物
被提前押走,像落叶
像飞舞起来的河流

天空放下闪亮的梯子
接着是清脆的鞭声
万物皆是上帝的宠儿
又何必,如此残暴

站在暴雨如注的玻璃窗后
身体灌满冰冷的雨水
你哪里知道
我早已经,泣不成声

2018.8.6

寂静，万劫不复

在夜晚死去的
皆为世俗

一些纯粹夜夜复活
比如月光，窸窸窣窣
花朵，喃喃自语
虫豸的琴声，幽怨而闪亮

空濛无边的耳际，寂静
万劫不复

2018.2.8

我看到的鸦群没有诡异的叫声

太阳升起
世界落下庞大的鸦群

它们以相同的节奏飞行
没有发出诡异的叫声

这些光明的孩子
月亮和太阳同为它们的眼睛

在黑夜和白昼的黏合处
影子发出细微的喘息

2018. 4. 7

破晓的鸟鸣

破晓的鸟鸣似乎密谋已久
将夜的黑铁桶,啄得嗡嗡作响
每一声尖叫,都是一次戳心的痛

我知道,天一亮,一些事物将被放逐
而另一些,终将错过光明

孤零零、明晃晃的如此这般坚冷、利落的
鸟鸣,一声紧接一声,戳我
在这幽暗的小屋,我以为不再醒来
并不知道从未睡去

2017.12.24

蛙鸣拉着雪亮的锯子

蛙鸣拉着雪亮的锯子
来来又回回,锯着黑夜

黑色锯末飞得肆虐
像一场风雪,灌满我的耳朵

蛙鸣,也在锯我
一些梦境咣当落地

新鲜的清晨展露出来
散发出幽香,淌着诱人的蜜汁

2018.6.24

黑夜是台轰鸣的机器

夜深人静时，机器的轰鸣声
此起彼伏。多么繁忙的景象啊
黑夜在复印着昨天的江山
草木，和熟睡的人群

清晨，我持着复印件
照镜比对。谢天谢地，没有失真
纸上的丝丝余温，是昨晚饮下的酒
烈性，尚未散完

复印的过程，并非每次顺利
某一天，旋转的齿轮将咬住我
从黑夜中抽出时，无比苍白
像一张讣告，字潦草，且不多

2018.6.24

五月

振翅,滑翔,突失重心的折返……
一群雨燕,把天空弄得脏而零乱。

太阳像只毛线球,掉落地上,
越滚越远,没有发出碰撞群山的回声。

天空何时得以澄明?坐在五月
抽烟的人,内心何时得以安宁?

2019. 5. 3

钥 匙

钥匙只在黄昏铸成,由白昼
交到黑夜手中。趁你熟睡
黑夜又将它,偷偷放入你的衣袋
这你全然不知

很多扇门朝向你,当你清晨醒来
你得选一扇轻轻打开,你可能
迎面撞上一场风暴,眼眶
被尘沙掩埋。也可能跌入深渊
漫无边际的忧郁,包围着你
更多可能是,你会闯进一座花园
所有美好都如你所愿

要是不小心弄丢了钥匙,毫无疑问
你将被拒之门外,这人间的好歹
与你无关

2018.5.28

偌大一座城市，看不见一个人影

东边风景独好
翠柏森森，豪门威严
西边户户朝阳
鳞次栉比，庭院深锁
低洼处
门牌矮进泥土里

负了这片湖光山色吧
偌大一座城市，看不见一个人影

远处爆竹悲鸣，哀乐自怜
一队人马走在乔迁新居的路上
步履，越走越轻

2018. 2. 9

凤眼菩提

十三颗菩提子
十三只佛主的眼睛
它们日夜醒着,眼角微翘
木质的,照看着我的生活

看我:吃饭,睡觉,覆雨翻云
看我:睚眦胀破,从人到魔

十三颗菩提子,围抱在一起
像十三尊金刚罗汉
坐在离心脏最近的地方
它们日夜醒着,照看着我的生活

你有你佛的雍容,与禅定
我有我人的善良,与邪恶

2018.10.25

忠 骨

当我吃力地写下
—— 忠骨
乌云便席卷过来
天空矮下三尺
墓碑，遽然拔高了一寸

山下，一场小雨的悲伤
迎接我。拾阶而上
踩着一根根坚冷的肋骨

漫山雏菊葳蕤，静谧
像万千炮弹，炸开的瞬间
"匍匐 —— 匍匐 ——"

2018. 10. 16

英雄帖,兼吊金庸

身陷江湖之险,又觅江湖不见
谁是那个侧身逃出典籍的人?

负剑行走的侠客,身上的刀伤
夜晚,会漏出金属的光

他们说,识得诗酒、红袖滋味
风,可以不再紧;月,可以一直白

昨夜江湖,又见英雄帖:良辰吉日
华山之巅,送盟主一程

2018.10.31

义结十三

喝血酒,拜关公
结义之后,就是兄弟了
在人间,粥稠,果甜

石头里水草丰美
战马齐喑,你只管膘肥体壮
将国殇,念念不忘

闲来挑灯细闻,石头里
也有冲锋的号角
在回响

2018.8.24

一个人的战争

当你贸然决定
在黄昏写一首诗时
暴动的军队正在集结
趟过荆棘和河水
士兵奔涌而来
发光的词语坐在弦上
你成了众矢之的
这，你知道

纸上的战争悄无声息
黑夜一片接一片地死去
结局无非就是
看上去你毫发无损
实际上早已血流殆尽
这，我知道

2018.8.16

原 谅

如果，我原谅了将来
我将无法原谅过去
如果，我原谅了过去
我将无法原谅内心
如果，我原谅了内心
我将无法原谅爱
如果，我原谅了爱
请告诉我
那些向死而生的雨水
为何而来

2017. 9. 11

羞愧是条贪婪的蛇

像恶语中伤、粗暴斥责……
这些热血的词汇
都是美味。羞愧是条贪婪的蛇
在我的软肋上伺机夺食

都快胀破这中年的皮囊了
难道真要从虚假的繁华中撤回
才能在阵阵梦魇中道一声：抱歉？！

2018.8.14

云 中

天空并不平坦
一些白云和乌云交错堆积
让赶路的人,轻轻
抹了抹潮湿的手心

阴影掠过机翼
像阎王派出的小鬼,有时
阳光轻轻压下一边
另一边,在沉默里拉升

随风俯冲,向人间,人间
你竟如此迷恋
颠簸,和重生

2018.5.6

雨　燕

雨燕斜刺进来的时候
天井似一只倾斜的酒杯
我担心它会打碎
但是没有
夕阳斟上了美酒

深夜久咳不止
黎明时分咯出几粒文字
摊手细看
竟是毛茸茸的一把
雏燕声

2019.5.6

2017，惊蛰

能看见的，就只有这些了
废墟。黑暗。灵蛇。埋葬

能听到的，也只剩这些了
惊蛰。裂变。啐啄。消融

正在抚摸的，不只浩荡
不只寥廓和纯粹。止于滥觞

想起昨夜，你用月色打磨骨头
供养璞玉的光芒

2017.3.5

赠别王某

吸一口雾，呕一砚霾
水墨山水，你精致勾勒
墨黛称之远山。留白
不完全是春水

雾和霾叠加成唇
性感而狂热。风尘仆仆
亦或浑身是灰

举过头顶的板斧
让贼光一如将慈悲遮蔽
你转身离去
帝国，即是废墟

2018.1.5

再说春天

春天,为何要轻易撕开伤口
撕开,血,就飞溅起来
鲜血殷红。脓血金黄。淤血绛紫
和着光,逐水而痛

无论你追不追问
我是不会说出。那秘密
关于光阴,关于生死
关于形而上或者形而下
就像影子,安详地蹲在阳光里
就像昨夜的花朵,开向童年

何不待到季节结痂时
再说春天

2017.8.5

犬吠

那声音百转千回
像在哀求，也像在示威

夜这么深了，天这么冷
谁让它们无家可归，无娘可认
还学着人类，在路边，叫魂

起身坐定
漆黑的屋内不见一物
偶有脚步带出的风声

2018.11.3

马蜂窝

冬季的冷幽默，就在于
人们冬衣加身
密林脱得一干二净
马蜂，孕育希望，也盛产毒液

在冬天，当落叶轰然坠地
林地便交出了所有秘密
比如，枝条交错生长的方向
树干上小兽的抓痕，和马蜂窝

赤裸的树林焦虑、虚弱
这时候，马蜂窝越是抓人眼球
我怀疑它的突兀，蓄谋已久
我甚至怀疑，身体的某处
正在长出，跟它一模一样的毒瘤

2018.12.25

天 漏

天空是富足的
也是慷慨的
有时漏下雨，有时
漏下雪和冰这些古老物件
更多的时候
漏下光，漏下风，漏下蔚蓝
实在无物可漏
就漏下空旷，漏下寂静和悲伤
对人间失望时
就漏下贪婪

2019.1.5

春天的菜市场

即便不买一物,下班路过时
总会拐进菜市场,逛逛
看看那些白的萝卜、绿的菠菜
红的海椒和黄的土豆……
光鲜奇异的外表,构成绚烂的春天
而内心坚守的诚实,使我相信
今年的收成,会好于往年
那些被困的鱼虾、黄鳝和泥鳅
安稳知足,心怀善意。以铝盆为岸时
回头便是细小的海洋
至于那些倒悬于空中的鸡鸭牛羊
因为思念亲人过度,微微闭着眼睛

2019.3.2

一个电工的自述

"将生活安放于高处!"
然后登高、仰望,抚摸发光的事物。
离开人间半尺,便可悬壶济世,
或扶正歧途,或救活死路。

生活本是座禅院,生死两极间
藏着万卷经书。唯有搭上肉身——
赤裸的半截铜线,才能参悟
先知关于宿命的预言。

人生的终极隐喻是,放弃痛感,
接受被你救活的电流,无数次鞭打,
又无数次扑向,火花暗涌的死路。

2019.3.14

黄夜之思

夜色在加重我的清醒和自由
仿佛置榻于山中，寂静温柔以待
越来越厌恶那些俗艳的灯火
钢铁的吼叫，麻将和酒局
此时，一定会偏执地想念诗歌
一首旧作的漏洞像不治之症
它在反复发作，折磨着我
让我和人世的关系变得紧张
会想到一些人，有的被我深深地爱着
有的，被我深深地伤过。此刻
他们善目紧闭，美丽而安详
宛如水中升起的睡莲。一想到清晨
他们中有的将伴着鸟鸣醒来
我就满心欢喜。想到有的
早已死去经年，便强迫自己
快快合眼睡去……

2019. 3. 2

荷

有荷的一隅
是南湖最精致的一隅

炎炎夏日
适宜荷从水中升起
适宜菡萏抒怀
捧出一颗金子般的心

亦适宜容颜老去
换上布衣

2019.7.28

一棵死在林间的树

疏密有致的小树林
簇拥着向西奔跑的人群

夏风嬉戏如玩童
吹起草丛间的光斑乱飞

一棵树在林间死去经年
它因此提前获得不朽

它的头顶有绵延的鸟鸣
脚下荡漾着浓郁的绿荫

2019.6.4

雨将至

天空低沉,有鸟掠过。万物
陷入不安的漩涡。有人发足狂奔,
拖着一场劈哩叭啦的暴雨,
经过的街巷,地面没有丝毫湿迹。
有人站在落地窗后,大口吸烟,
内心的湖水,即将漫过堤埂。
整个下午,高大的乔木
一直在奔走呼号。
灵魂空洞的事物,顺势浮了起来。
整个下午,天空不改威颜,
像菩萨,眼睑低垂而不见凡尘。

2019.5.31

摆渡人

夜阑风急。有虎,啸于沱江。
渡口飘摇,再次陷入溺亡的危险。

他抓起竹竿,奔向岸边,
奋力击打水中猛兽。奈何
江心如沸,伸出万千乱手求救。

一江怒水,终将驯服于人间温良。
晨曦中,渡口从深渊回到尘世,
仿佛他溺水多年的亲人,重返人间。

2019.5.28

灰烬

人们赞美火
赞美在火中燃烧着的事物
我在想
火有什么好赞美的?
不过是一座冰冷的监狱
囚禁着必死的囚徒
灰烬才值得我们去真心赞美
它是归来的王者
它囚禁了火
却以死亡的姿态出现
掌管着世间万物

2019.5.31

诗人佩章是一轮夕阳

蒋 涌

《黄昏辞》是赵永生脱手的第三部诗集，也是他告别军旅生涯后的第一部诗集。脱下戎装，进入商界，他的诗歌创作进入一种井喷状态，使人弄不清他是经营产业，还是放牧诗群，至少可以印证他虽步入商圈，一颗诗心依旧，分行体写作便是他酬劳自己的一杯杯自斟自饮的美酒，不仅自醉，而且用于会友、待客。写作与他的日常起居同步，每每吟诗临窗，每每拥诗入梦，一介诗痴，万丈雄心，神往七步成诗的高端，已入百步成诗的佳境。

赵永生是云南人，这块土地近些年来频频冒出于坚、雷平阳、王单单等笑傲中国诗坛的大腕与新锐，也有擅长孔雀舞技的杨丽萍以一绝惊世，呈现出文旅大省的高旷气象。赵永生不肯屈就于时弊，落落寡欢地脱下一身戎装，却改不了军人的血性，他认准一个"语不惊人死不休"的征伐目标，整日以小篇什成就大雄心，一部《黄昏辞》是挟裹着不平之气的旷野长啸，它把壮年之身的幻灭、彷徨与追求演绎为冷艳诗篇，其辞锋抹上一层苍凉憾心的斜阳血色，这也是一种以个人际遇作陪衬的书写特征。

中年之身，却大写《黄昏辞》，它似乎不是李商隐所惋惜那类盛世不再"无限好"的单数黄昏，而是在一日将去的暮色中焦灼地期待明日来临的复数黄昏，既有对虚掷流年的惋惜，也有对他时辉煌的期待，作者吹箫的唇口、抚弦的指头依旧饱含血热情温，它是悲怆、悲慨、悲壮、悲愤的集群释放，它是欢笑、欢愉、欢聚、欢庆的隐形潜伏。

说实话，赵永生《黄昏辞》的书名使我联想到尼采的哲学名篇《偶像的黄昏》，这位举世驰名的哲学大师借助充满诗意的书名宣判偶像崇拜的终结，冷峻否定神，热情肯定人。同样，尼采的话语亦可部分诠释《黄昏辞》的主题："谁终将声震人间，必长久深自缄默；谁终将点燃闪电，必长久如云漂泊。""世界弥漫着焦躁不安的气息，因为每一个人都急于从自己的枷锁中解放出来。""'他沉沦，他跌倒。'你们一再嘲笑，须知，他跌倒在高于你们的上方。他乐极生悲，可他的强光紧接你们的黑暗。""如果你想走到高处，就要使用自己的两条腿！不要让别人把你抬到高处；不要坐在别人的背上和头上。"情因境转，梦因时异，读过《黄昏辞》略加沉思，便不难理解赵永生所伤感的是未来未启之前的落魄，所悲泣的是好梦难圆之时的落寞，诗人的转轴变调与平生际遇契合，并非一曲而终的绝唱，而是此起彼伏的推波助澜，他涉足的岁月河流正处于进行式，映入眼际的夕阳还将频频华丽转身为一轮轮光霞四射的朝阳。

诗集《黄昏辞》，共有"我们隔着浑浊的人间""写或不写都是美好的""时间的卷轴飞速旋转""万物皆是上帝的宠儿"四个专辑，黄昏、夕阳、夜色、女人、爱情、经幡、菩提、上帝似乎是他诗行中的热词，他写黄昏、夕阳、夜色，实际上是写心境，他其实渴望着彩霞满天的明丽前程；他写女人、爱情、相思，实际上并非冲着某一顾倾城、再顾倾国的花容月貌，多少带几分"过尽千帆皆不是"的惆怅。从一定程度上讲，是朦胧不清的带柏拉图色彩的偶像崇拜，表达的是梦与现实存在落差的遗憾；经幡、菩提、上帝，则流露出试图摆脱幻灭与困扰后的倦怠，以及渴求贵手提携、善意温暖乃至实现自我救赎的心迹。如此的"黄昏辞"，当然加持着不甘沉沦与沉寂的孤傲，它拒绝向宿命打出一面"白旗"，而它趔趄前行的辛酸与无奈却经由只身单影的艰辛跋涉，歪歪斜斜的身后足迹，一一诠注于诗人对山河岁月的前瞻后望、左右盼顾时迸射绽开的灵感火花。

赵永生的诗作多为短章短句，《女人烟》可见其风格一斑："你爱上他／食指和中指间的悬崖／爱上燃烧／要是燃烧真如繁花三月／那红唇烈焰呢？／／一生可否这样表达／以坠落隐喻凌迟之痛／用飞升／复述幸福"。吸烟者的迷惘，眼前路的迷茫，人间事的迷惑，既是破解世相的沉思，也是难解困扰的白描。它的主题是朦胧的，它的意绪是凄苦的，恰似一个人失去追逐目标的前行脚步不知投掷何方，而多歧多岔的道路则沉默无声地横亘旷野。

《交给你》一诗，作者这样写道："交给你花朵的同时／连刺一并交给你／／你醉心于花瓣／与花瓣之间的毒性／醉心于／柔软与坚硬之间的和谐／／还交给你枯萎／交给你枯萎之后的虚空／被刺之后的疼痛／／交给你伤口／伤口永不愈合"。仔细咀嚼，它是对于幻灭的陈述或复述。爱，是不能忘记的，包括它带来的经验和教训，如同梦中与梦外的两种感受，做梦的人，梦破的人，亦真亦幻，亦取亦舍，人的情感世界很难黑白分明的划分，好梦不长，知音难寻，曾经踏着荆棘路去追梦的过来人早已甘苦备尝。他交给你，你交给他，常常是欲说还休的缄默无语，一杯自酿的酒，无论是美酒还是苦酒，往往需要当事者仰脖自饮。并且，当昔时真理转换为今时谬误，芬芳与利刺均属于自种自收，而人生的生死疲劳的际遇，一次次赐予你一味回眸时的辛辣嘲讽，对与错都是一道"永不愈合"的深深"伤口"。

《黄昏辞》容易被读者视为诗集的主题诗或压轴诗："归途辽阔／而灰雁只寄三只／天空紧了紧宽大的风衣／矮下身子。黄昏／令谁不安？／／它漫过遗世。现在又／漫过栏杆"。诗中的"只寄三只"，显然是寄身天空的归雁，黄昏的雁影，在暮色中低飞，前程已失去了明朗，未来已难以预卜，一缕求生的苦涩在诗行中漫漶。这首诗，使人联想到"百代词曲之祖"李白《菩萨蛮》中的名句："玉阶空伫立，宿鸟归飞急。何处是归程，长亭更短亭"。严格地说，《黄昏辞》与其说是一首诗，不如说是赵永生脱下戎装后体验到的一记"江湖浪"，万里前程亦是万里迷茫，飞过了，方知寄身无涯的纵广与酸楚，而诗中的"三"既可理解为"三人行"的"三"，也可理解为"一生三、三生万物"的"三"。无限的路途，有限的岁月，那追逐，那归期，真是一望无涯的"辽阔"和"令人不安"的莫测。

在《复活于黄昏之后，黎明之前》一诗中，作者写道："我羡慕那些向黑夜交出面具的人／一朵野花终将与我相认／原谅我无面具可交／请熄灭我案头的玫瑰和唇间的雏菊／让黑夜一如将我照耀"。以真实的面目行走世间，任命运的严酷剿灭梦幻的浮华，比夜色更灰暗的心绪仍将不屈地向往着黎明，大概就是此诗一片"悲极生乐"的底色。读着，既是一味悲苦，也是一份启迪。

"前不见古人，后不见来者。念天地之悠悠，独怆然而涕下。"唐人陈子昂的《登幽州台歌》，可视作《黄昏辞》所收入的全部诗作的一个别致的注脚。它展示了一种特色独具的个人诗路，它有期待，有求索，有憧憬，诗人以直视人生的惨淡经营去反复叩问诗艺的妙谛，以毕露的锋芒去结构长路独行的迷茫。如此的"黄昏辞"，游刃于"玫瑰红"与"茉莉白"之间，实则是一个跋涉崎岖长路甘苦自尝的"江湖吟"，无论爱与不爱，都是他沿途风过、霜过、恋过、痛过、欢过、悲过的诗眼景色。诗人的最爱，似乎正像他笔底已见端倪的咏叹，还处于尚属期盼尚未抵达的迢迢远方，他无非是借助"黄昏辞"去呼唤"复旦颂"，那才是他心中渴望着的一道光霞瑰丽的理想之境！